W0370121

my genderless boyfriend

4

tamekou

Aus dem Japanischen von Anne Klink

Charaktere

Meguru Soma

»Genderless Boy« und Social-Media-Star. Er arbeitet in einem Secondhandmodeshop und modelt dazu. Seit seiner ersten Begegnung mit Wako auf der Highschool gehört sein Herz ganz allein ihr.♡

Wako Machida

Manga-Redakteurin, die voll und ganz in ihrem Job aufgeht. Sie liebt alles, was schön ist. Meguru war ihr in der Highschool wegen seines süßen Looks aufgefallen, woraufhin sie ihm vorschlug, Influencer zu werden.

Kira

Ein Model aus Megurus Agentur, das sich ebenfalls dem Genderless Style verschrieben hat. Er hat einen sehr eigenen Stil und nimmt nur schöne Dinge wahr.

Sasame Tachi

Neben Meguru die andere Hälfte der Unicorn Boys. Er eifert Aki the Bro nach, der für ihn der Mann schlechthin ist, wird jedoch von seiner Agentur als »Genderless Boy« vermarktet.

Misaki Ono

Megurus und Sasames Vocal Coach. Fan der Hayabusa-Revue.

Sakurako Naruse

Ehemalige Mitschülerin von Misaki. Ihre Familie betreibt einen Lieferservice, weshalb sie in Kiras Haus ein- und ausgeht.

Noboru Kanzaki

Megurus, Sasames und Kiras Manager

Kaoru Kondo

Mangaka, der von Wako betreut wird. Fan der Unicorn Boys.

Chef-redak-teurin

Wakos Chefin

Story

Make-up, Outfits, Nägel – an »Genderless Boy« Meguru ist einfach alles supersüß. Am liebsten stylt er sich für seine Freundin Wako, eine ganz normale Angestellte, die zugleich Megurus größter Fan ist und ihn regelrecht vergöttert.♡ Diese Geschichte handelt von ihrem zuckersüßen, liebevollen Alltag.

Inhalt

Kapitel 31

Sakurako! Hast du Lust, am Samstag was trinken zu gehen? Wir waren schon so lang nicht mehr.
Ich kenne da ein Lokal, in dem es leckeren Käse gibt.
Tut mir leid, Misaki. An dem Tag hab ich schon eine Lieferung im Plan...
... und wurde eingeladen, anschließend noch mit den Leuten abzuhängen.
Mit welchen Leuten?
Ich hab dir doch von diesem Kunden erzählt.
Der reiche Sohnemann, in dessen hoher Gunst ich stehe, und sein Kumpel.
Vorstellung
Los, werdet ein Paar! Das ist ein Befehl!
So...
Soll das heißen, der versucht immer noch, euch miteinander zu verkuppeln?!

Na warte, Freundchen!!
my genderless boyfriend
Kapitel 31

Hallo Coach!
Tut mir leid, dass ich dich am Samstag herbestelle.
Ich hoffe, du hattest nichts anderes vor.
Doch, aber das war nix Besonderes. Ist kein Problem!
Eine Verabredung mit Sakurako nennt der »nix Besonderes«?!
Darf ich fragen, was du vorhattest?
Ein Bekannter von mir wollte mit mir und noch jemandem den Tag verbringen.
Scheiße, bin ich neidisch!!
Ach so? Aber das klingt doch nach Spaß.
Äh, nicht wirklich. Er wollte den ganzen Tag mit uns Karten spielen.
?
Okay, das ist wirklich nix Besonderes.
*Vorstellung

Und? Was hast du heute mit mir vor?
Hä?!
Oh, äh… na ja…
Mir ging's ja nur um Sakurako, darum hab ich mir für ihn gar nichts überlegt!
Äh…
DANK
DANK
INNEHALT
Glückwunsch zum Musikdebüt der Unicorn Boys!
Da hat sich das fleißige Gesangstraining ja gelohnt, was?
So konntet ihr die Grundlagen richtig festigen, und mit eurem Song habt ihr auch Glück gehabt!
Bloß schnell wieder nach Hause!
Ich hab euch zwar nur kurz unterrichtet, aber ich freu mich über eure tolle Entwicklung.
Mehr kann ich euch nicht beibringen, also…
Alles klar!

Dann muss ich ab jetzt nur noch an meiner Männlichkeit arbeiten, oder?!
Ich hätte ja nie gedacht, dass du extra deinen freien Tag opferst, um mir Einzelunterricht zu geben!
Äh...
Nein, das war...
Hä? Nicht?
Aber Meguru ist ja nicht hier, also machen wir auch kein Gesangs-training, oder?
Oder hab ich da was falsch verstanden?
Wolltest du mich gar nicht in die Ge-heimnisse der Männlichkeit einweihen?

Was plapperst du da? Natürlich hab ich dich nur deshalb herbestellt.
Oh nein, jetzt sehen deine hübschen Äuglein meinetwegen traurig aus.
Lass mich dir als Wiedergutmachung heute einen tollen Tag bereiten.
Guck dir alles von mir ab.

Mein souveränes Auftreten...
OFF-BLACK
... meine vollendeten Manieren...
... meine charmante Ladies(?)-First-Mentalität.

Das ist der Inbegriff von »cool«!
Beispiel-Nachtkulisse

Wie toll...
Hach, bin ich neidisch!
Ich will auch so einen Freund...
Ich hab noch nie jemanden getroffen, der so offensichtlich sofort von allen umschwärmt wird!
Außer dem Bro hat mich noch kein Mann so geflasht!
Genau das ist es! Die Definition von Männlichkeit! Das ist der Weg, den ich auch einschlagen will!!
Mist! Mein Körper macht das schon ganz automatisch!
LOSLASS
Wow!
Einfach krass! Aber genau darum bist du mein Coach!
Was mach ich denn?! Ich muss mir sofort alles notieren!
Whooo-aaah!
Mir kam schon die ganze Zeit irgendwas komisch vor.
Kann es sein, dass er mich...

... für einen Mann hält?
Okay, das bin ich gewöhnt.
Aber warum respektiert er mich so?
SOOOO
COOL
Ich bin doch bloß ein Bühnen-Otaku und kopiere einfach nur meine Idole.
Ich sollte das wohl besser aufklären.
Nicht, dass er anfängt, mir hinterherzudackeln.
SOOOCOOL
...
...
COOL
Na ja. Muss ja nicht heute sein.
SOOOOOO
Nanu?

Misaki?
So ein Zufall! Hast du dir gerade ein Stück angesehen?
Das Mädchen ist doch aus Kaede Midorikawas Fanklub.
Äh, nein, ich bin heute wegen etwas anderem hier.
Stimmt ja, Ginza ist ganz in der Nähe des Theaters.
Oh, ach so. Und...
... wer bist du? Dich hab ich im Fanklub noch nie gesehen.
In was für einer Beziehung stehst du zu Misaki?
Äh, Fanklub...?
Wie gemein! Ich hab schon vor Ewigkeiten ein Date bei Misaki gebucht.
Ich dulde keine Nebenbuhler!
Wie jetzt...?
Sorry. Das heute hat sich kurzfristig ergeben. Nächstes Mal hab ich Zeit für dich, ja?
Wie viele Mädchen stehen schon auf deiner Warteliste, die du auf »nächstes Mal« vertröstest?
Ich meine...

... dass so eine coole Frau wie du...
... abseits der Haya-busa-Revue existiert, ist immerhin wie ein Wunder!
Äh...
»Frau«...?
Mpf!
J...Jetzt hab ich den Salat!

Und was sollte das dann alles?
Oh, äh! Na ja...
Das ist so... ähm...
Hey, ich hab dich nicht belogen...!
Mein Coach ist gar kein Mann...?
Du hast mich als deinen Männlichkeits-Coach betrach...
Der coole Mann, der mein Vorbild war, ist eine Frau...
Mein Coach, den ich als Mann verehrt hab, ist...
Jetzt halt mal die Luft an!
Hast du ein Problem damit, dass ich eine Frau...
Ha!
Weint er...?!
Jetzt fühl ich mich maximal schuldig!!
W...

Wow...
FWIIIWIT
Ich wurde immer ge-ärgert, weil ich wie ein Mädchen aussehe.
Darum wollte ich ein echter Kerl werden, wie Aki von EXAILA.
Reine Jungenschule
Ich hatte nur noch dieses Ziel vor Augen, das irgendwie unerreichbar schien.
Aber...

... du warst für mich das perfekte Beispiel dafür, dass man auch mit einem femininen Gesicht männlich und cool sein kann!
So wie du zu werden, das hab ich mir zugetraut und wollte alles dafür tun!
Wow, jetzt versteh ich...
Coolness hat mit dem Geschlecht gar nichts zu tun, hab ich recht?!

Du...
G... Genau!
Ich komm zwar nicht ganz mit...
... aber wenn du zufrieden bist, bin ich's auch.
ヤーッ
BLUSH
Ja, gut, dann...
Ähm...
てれ
GENIER
Hmm...
てれ
GENIER
Hast du Lust, mit mir zu einer Aufführung der Hayabusa-Revue zu gehen?
Klar, Mann!

my genderless boyfriend
Kapitel 32

Vielen Dank, dass Sie die Illustration noch einmal überarbeitet haben!
Die Augen stechen jetzt viel mehr hervor. So ist das Motiv perfekt!!
Sobald das Design steht, schicke ich Ihnen die Proofs!
Ja! Natürlich! Auf Wiederhören!
KLACK
30
Super! Dieses Cover wird auch wieder ein absoluter Blickfang!
Frau Machida, haben Sie Ihr Telefonat beendet?
Ja.
Dann gucken Sie mal auf Twitter.
Los, machen Sie schon!
Hm?

Unicorn Boys @unico_boys_vvv • 5 Min.
::Ankündigung::
Es ist so weit!
Die Unicorn Boys geben ihr Musikdebüt!!
Am Samstag um 19 Uhr erscheint das Video zu unserer ersten Single,
also abonniert schon mal unseren offiziellen YouTube-Kanal und seid gespannt!
LOVE
Die Single der Unicorn Boys wurde endlich angekündigt!
Wah!
KLICK KLICK
KLICK KLICK
Was soll das, Frau Machida? Warum retweeten Sie alles?
Bitte schauen Sie nur! Das ist mein absolutes Idol!
Hä?

Was?! Aber dieses Gesicht...
Ist das nicht Ihre Freundin, mit der ich Sie neulich zusammen gesehen hab?!
So hübsch, wie sie ist, kann ich verstehen, dass sie im Showbusiness ist, aber...
»Boys«?! Das ist ein Mann?!
Ich hab ihn glatt für eine Frau gehalten!
Bitte schauen Sie nur! Das ist mein absolutes Idol!
ZEIG
Uwah!
PC
Ganz Japan...! Nein! Welt, schau her!
Auf diesem Bildschirm könnt ihr mein Idol bewundern!
Und nehmt bitte auch Sasame gebührend zur Kenntnis!!
Uwah! Frau Machida retweetet wie besessen von sämtlichen Accounts!
Holt sie weg vom Redaktions-Account!
...
Wir haben dich neulich absichtlich nicht berichtigt, weil ich wollte, dass du von selbst darauf kommst.
Chefin...

Es gibt die unterschiedlichsten Menschen und Paare auf dieser Welt, die alle ihr eigenes Päckchen zu tragen haben.
Wie viel Prozent mag das, was wir als Außenstehende von der Oberfläche sehen, wohl vom Gesamtbild ausmachen?
Kannst du dir zum Beispiel vorstellen...
... wie ein Mädchen, das seinem Zwillingsbruder wie aus dem Gesicht geschnitten ist, unter seinem Namen im Showbusiness Karriere macht?
Klingt wie ein Manga, oder? Aber mal angenommen, das gäbe es wirklich...
Zwillinge?!
Was stimmt denn nun?!
Das war doch nur ein hypothetisches Beispiel. Hihihi...
Ich muss nach Hause und weiter Werbung machen!
Aaah, aber ich bin ja nur ein Normalo und hab kaum Follower.
Hah...
Hah...
Warum bin ich keine Illustratorin, die göttlich zeichnen kann?! Mist!
Hah...
Hm?

Dorfmeister Kisaragi @kisaragisoncyo__ • 24 Min.
Nää, die Gesichter wirken viel zu gephotoshopt. Und mit so nem Bild machen die Werbung? Sorry, geht gar nicht!
Unicorn Boys @unico_boys_vvv • 5 Min.
::Ankündigung::
Es ist so weit!
Die Unicorn Boys geben ihr Musikdebüt!!
Am Samstag um 19 Uhr erscheint das Video zu unserer ersten Single, also abonniert schon mal unseren offiziellen YouTube-Kanal und seid gespannt!
Zu gephotoshopt?
...
Hä...?
Was ist denn an dem Foto groß nachbearbeitet?
Klar, sie werden sicher hier und da was retuschiert haben.
Aber doch nicht übertrieben?
Im Gegenteil...
KLACK
Willkommen daheim, Wako!

Das Abendessen ist gleich fertig, also nimm doch schon mal ein Bad.
In natura ist Meguru noch eine Million Mal hübscher!!
Aber er darf nicht merken, dass ich mich wegen so einer Kleinigkeit aufrege!
Er soll nicht mal wissen, dass er Hater hat!
Ha!
Meguru, ich hab die Ankündigung gesehen! Das Foto war total süß!
Danke! Du bist fix.
Ich war selbst überrascht, dass sie das so groß aufziehen. Ich dachte, es wird angekündigt und gut.
Klar! Was denkst du denn?! Auf euer Musikdebüt haben bestimmt schon viele gewartet!
Meinst du? Ich hoffe, du hast recht.
Ja. So eine Chance bekommt man ja auch nicht alle Tage.

Ich hoffe einfach, dass die Leute zumindest ein wenig Spaß an unserer Single haben!
Aaah! Er ist wirklich ein Engel!!
Begleitest du mich wieder zum Karaoke?
Na klar!!
Danke! Prima! Dann geb ich mein Bestes!!
Meguru wünscht sich einfach nur von ganzem Herzen, den Leuten in seinem Umfeld eine Freude zu machen.
Dann können mir die Anzahl der Retweets und irgendwelche Hater ja eigentlich auch egal sein.
Ich werde ihn ebenfalls einfach nur von Herzen unterstützen.
Auf dass den Unicorn Boys eine strahlende Zukunft bevorstehe!

Unicorn Boys
Top
Personen
Trotzdem kann ich nicht anders, als immer wieder ihren Hashtag zu checken.
...
Uuh, ich weiß ja, dass sie unmöglich jeder lieben kann...
... aber negative Kommentare tun weh!
Ich bin schließlich selbst Redakteurin.
Jeden Tag prüfe ich Manuskripte auf jeden noch so kleinen Makel und verbessere sie.
Ich weiß, wie man Photoshop benutzt, und auch allerlei über Nachbearbeitung.
← So was hier
Löschen
Löschen
Frau Machida ist zwar extrem pingelig, aber das Ergebnis ist tatsächlich besser als vorher.
Am wenigsten kann ich ertragen, wenn ihre Schönheit infrage gestellt wird!

Aah, ich will's rauslassen! Ich will der ganzen Welt sagen...
... wie wunderschön und toll der echte Meguru ist!
Und ich will mich mit anderen Fans austauschen!
Soll ich's einfach tun...?
Einen neuen Account erstellen und mich als jemand ausgeben, der Meguru zufällig auf der Straße gesehen hat?
Und dann tweete ich: »Er war so schön, dass meine Knie weich geworden sind!«
Oder soll ich heimlich Fotos von ihm machen, sie ohne Filter hochladen und tweeten, dass er einfach zu schön für diese Welt ist?
Aaah!
カチャッ
KLACK

Wie kann ich den Leuten da draußen das wahre Ausmaß seiner Anziehungskraft am besten verdeutlichen?
BLINK
Wako? Was machst du da?
Spiegelreflex
Ah!
Kannst du nicht einschlafen?
Äh, doch, doch...!
RUMS

…
Ring-leuchte
Ein ziemlicher Aufwand für heimliche Fotos…
Hör schon auf, online nach mir zu suchen.
Es werden doch eh nicht nur positive Sachen über mich geschrieben.
Woher weißt du das…?!
Na ja, ich google mich auch hin und wieder selbst.
Machen dir solche Kommentare denn gar nichts aus, Meguru?
Das würde ich nun auch nicht behaupten…
… aber man kann sich nicht alles zu Herzen nehmen.
Außerdem…

... versteht mich ja die Person, von der ich am meisten verstanden werden möchte.
Mehr will ich gar nicht.
Meguru...

Oh Gott! Gerade gibt er das perfekte Motiv ab.
Das weiche, indirekte Licht...
... wirkt wie ein schöner Filter.
Dazu die dichten Wimpern, seine glänzenden Lippen...
Und selbst auf diese Entfernung sieht man nicht eine Pore.
Ungeschminkt und ohne Filter so schön zu sein, ist das reinste Wunder...

Hm?
Oh, äh... Ach, du willst...?
Ja. Magst du nicht?
Du guckst mich die ganze Zeit so gebannt an.
Doch, schon...
... aber...

Du bist die einzige Person auf der ganzen Welt, die mich aus so kurzer Entfernung sehen kann.
Also genieß den Anblick.
Mo...
Moment! Warte...
Ich seh heute furchtbar aus, weil ich seit Tagen kaum geschlafen hab!!
Oh, stimmt. Du hast Augenringe.
Guck nicht auch noch hiiin!!

my genderless boyfriend
Kapitel 33
WAKO

Was? Du kannst doch nicht kommen?
Und das fällt dir erst jetzt ein?
Ich hab extra alles Mögliche vorberei-tet.
Haah... Okay, alles klar.
Die Arbeit geht natür-lich vor.
Dann kommst du nächstes Mal.
Sie haben's gehört. Sasame hat abgesagt.
Tja, und was machen wir jetzt?
Gute Frage...

* Gesellschaftsspiel

Äh, dann geh ich besser auch mal...
Wirklich? Ich bitte vielmals um Entschuldigung.
Gut. Ich mache mich sofort auf den Weg zu Ihnen.
Ja. Bis nachher.
BIP
Es tut mir sehr leid, aber ich muss dringend etwas außer Haus erledigen.
Ich bin hoffentlich in einem halben Tag wieder zurück.
Frau Naruse, könnten Sie so lange hierbleiben, bis ich wieder da bin?
Ich mache mir Sorgen, wenn Herr Kira allein zu Hause ist.
Äh...
Ich danke Ihnen vielmals.
Äh...! Was...? Warten Sie...!
RUMS

Er ist einfach gegangen...
Ja.
Und was jetzt?
Ich hab bisher kaum je ein Wort mit Herrn Kira gewechselt und hab keinen Schimmer, wie ich mich ihm gegenüber verhalten soll.
Dabei bin ich schon verwirrt genug darüber, dass ich dauernd hierher eingeladen werde...
Obwohl, wenn Sasame hier ist, spricht ja auch meistens der Butler.
KNUUUURR
Ich hab Hunger.
Oh! Ach so, ja!
Wollen wir dann erst einmal essen?
Ihr Butler hat alles vorbereitet.
Sogar unsere jeweiligen Vorlieben hat er berücksichtigt.
Kira
Naruse
Wie umsichtig von ihm!
Ein Glück! Das Essen wird uns eine Weile beschäftigen.
Also dann, guten Appeti...

Essen Sie nicht?
Nein.
Ähm, aber ist das nicht Ihr Magen, der so knurrt?
Hunger hab ich, aber das hier esse ich nicht.
Und warum nicht...?
Weil Medikamente unter mein Essen gemischt wurden.
Mein verdammter Butler versucht mit allen Mitteln, mir Medizin zu verabreichen, weil ich mich ein wenig erkältet fühle.
Er hat nur so getan, als müsste er weg, damit mir keine andere Wahl bleibt, als das hier zu essen.
Also werde ich nichts davon anrühren.
KNUUUUUUUUUURR
...
Äääh...

Tja, ähm... Soll ich Ihnen dann etwas kochen?
Können Sie das denn?
Na ja, nicht besonders gut, aber...
Ich hab das Gemüse verwendet, das ich heute geliefert habe.
... hierfür reicht's.
Ooh! Das sieht aber gut aus.
Das freut mich.
Dann lassen Sie uns schleunigst zugr...

Das hier ist ganz hart.
Jaja, schon klar! Sie schälen Ihre Garnelen natürlich nicht selbst!
Die Muscheln auch.
Und ich brauch Sojasoße.
SCHWUPP SCHWUPP
Ich möchte noch Nachschlag.
Er behandelt mich wie seine Magd!
Pellen Sie noch ein paar Weintrauben ab.
Jetzt bin ich müde vom Essen.
SCHWUPP SCHWU
Ich geh schlafen.
Oder eher wie seine Pflegerin...?
Komisch...
Dieses Gefühl, ihn nicht sich selbst überlassen zu können und ihn umsorgen zu müssen...
... kenn ich doch von irgendwoher?
Mh...

Wie dem auch sei, was zieht der hier eigentlich ab?!
!!
Ich muss jetzt wirklich nach Hause!
ZUPF
*Kann nur schlafen, wenn er einen Pyjama anzieht
Bleiben Sie noch.
Allein ist es so still im Haus, dass ich nicht schlafen kann.
Und was soll ich da machen?
Warum kontaktieren Sie nicht Ihre Familie?
Oh...

Sind Sie das mit Ihren Eltern und Geschwistern?
Alle so schön wie erwartet.
Finden Sie? Mir fällt das gar nicht auf, weil ich sie schon von klein auf kenne.
Ein Freund...
... hat mich mal gefragt, ob meine Gesichtswahrnehmung nicht etwas zu eingeschränkt ist...
... weil ich zu sehr an schöne Menschen gewöhnt bin.
Gesichtswahrnehmung...?
Aber es stimmt schon, dass ich als Kind zwischen meiner Familie, unserem Butler und anderen Lebewesen unterschieden habe.
Lebewesen...?
Und wo ist Ihre Familie jetzt?
Genau, mir ist hier noch nie jemand von ihnen begegnet.

Meine Eltern leben momentan in Schweden.
Mein älterer Bruder und meine ältere Schwester fliegen beruflich permanent um die Welt.
Sie haben alle viel zu tun.
Wow.
Seit meinem zehnten Lebensjahr lebe ich schon mit unserem Butler allein.
Ach so...
Ich bin wahnsinnig müde. Mir fallen einfach die Augen zu.

In der Erkältungs-medizin waren sicher Wirkstoffe, die müde machen.
Was…?
Haben Sie es gar nicht gemerkt? Ich hab Ihnen ebenfalls Medizin ins Essen gemischt.
Ich fand nämlich auch, dass Sie sie nehmen sollten.
Sie sind ganz schön clever. Ich hab Sie für eine muskelbepackte Lieferfrau gehalten und nicht aufgepasst.
Und das ausgerechnet mir…
Hihihi. Gemüse ist ja auch ganz schön schwer.
SCHLÄFRIG

Ähm...
Hätten Sie etwas dagegen, wenn ich Ihr Haar berühre?
Wozu...?
Ich weiß nicht. Ich verspüre nur den Drang dazu.
Stört Sie das?
Nein, meinetwegen...
Vielen Dank.
STREICH
...?
Und was...
... gibt Ihnen das?
...

Ich komme gern vorbei, wann immer Sie wünschen.
Auch wenn Sasame nicht hier ist.
Ja, ich glaub, das würde mir helfen.
Das freut mich.

Oho...
Ist das womöglich der Beginn einer jungen Liebe...?
Mit dieser Vorahnung...
Ich bin wieder da!

Kotaro!
Verzeih mir, dass es so spät geworden ist!
Hast du mich vermisst?
Schmoll nicht mehr und friss!
HFFFF
HAAAAH
Ja, Herr Kira erinnert mich wirklich total an meinen Kater!
... lag der Butler gänzlich daneben.
HFFFF
Erst mal Katzenduft inhalieren
HFFFF

my genderless boyfriend

my genderless boyfriend
my genderless boyfriend

my genderless boyfriend
Kapitel 34

Grenzen verschwimmen
Unicorn Boys
Die erste Single der Unicorn Boys...
... »Grenzen verschwimmen«!
Waah! Wie toll!
Die fertige CD in den Händen zu halten, ist noch mal ein ganz anderes Gefühl, oder?!
Ja... Ich komme mir vor wie ein richtiger Künstler!
Nun steht sie also endlich in den Regalen. Dann heißt es ab jetzt: Promoten, was das Zeug hält.

Ihr bekommt ein paar CDs nach Hause geschickt. Ihr braucht sie also nicht selbst zu kaufen.
Vielen Dank!
Und...
OKTA Company
... zum Release-Event...
... darf jeder von euch zwei Personen mitbringen. Wie sieht's aus?
!
Dann würde ich gern eine Person auf die Gästeliste setzen lassen!
Hihihi! Da wird Wako sich bestimmt freuen.
Und ich hab sie gleich in der ersten Reihe!
KLACK
Bin wieder da! Weißt du was, Wako?!
STILLE
Nanu? Ist sie noch nicht zu Hause?

DOOM
Was zum...?! Wo kommt der Riesenstapel Unicorn Boys-CDs her?!
Willkommen daheim!
SCHWUPP
Hiek!
O...Oh! Du bist ja doch zu Hause.
Was willst du mit den ganzen CDs?
Ich hab dir doch Bescheid gesagt, dass du keine zu kaufen brauchst, weil ich Freiexemplare bekomme.
DOMP
Das Video guckst du auch jeden Tag und kennst den Song schon auswendig.
Wozu brauchst du dann so viele CDs?
...

Was machst du da?
Ich sammle mich, weil ich jetzt gleich das Auspackritual durchführe.
Das Auspack-ritual?! Und wie...
ZÜCK
SCHWITZ
RITSCH
KLAPP
Grenzen verschwimmen
Grenzen verschwimmen
FLUPP

S... Sind das...
... Bewerbungslose für das Single-Release-Event?!
Unicorn Boys
Exklusive Vorab-Ticketverlosung für Käufer*innen der CD
Herzlichen Dank, dass Sie die Single »Grenzen verschwimmen« gekauft haben. Mit diesem Los können Sie sich um ein Ticket für das First-Single-Release-Event der Unicorn Boys bewerben. Bitte lesen Sie die Hinweise zur Veranstaltung, bevor Sie sich bewerben.
Datum / Ort
2021 Tokyo
2021 Tokyo
Ticketpreis
Bewerbungsfrist
Ticket-URL
Verkündung der Gewinner / Zahlfrist
Unicorn Boys
* Zeit bis hierhin: 3 Sek.
Hast du etwa deswegen so viele CDS gekauft?!
AUFREIH
Genau. Ich will eure große Bühnenpremiere nämlich unbedingt live miterleben.
Tickets für ein Release-Event von Newcomern sollten eigentlich nicht allzu umkämpft sein, aber unter Berücksichtigung der Zuschauerzahlen bei eurem Animate-Event neulich und der anschließenden Reaktionen auf Social Media...
... habe ich mich entschlossen, großzügig zu investieren und gleich ein paar Dutzend CDs zu kaufen.
* Die genaue Stückzahl ist unbekannt.
Außerdem verzichte ich bis zum großen Tag auf Süßigkeiten, in der Hoffnung, dass meine Gebete erhört werden!
Und natürlich bete ich auch am Schrein der Schutzgottheit unserer Nachbarschaft!!

Aaah! Bitte mach, dass ich das Debüt-Event der Unicorn Boys live sehen und ihnen angemessen huldigen kann!!
So sehr ich mich freue, das ist schon gruselig!
SCHAUDER
Aber ein Glück! Dann freut sie sich garantiert!
Ähm... Und was wäre, wenn es eine Möglichkeit gäbe, dass du auf jeden Fall teilnehmen kannst?
Hm...?
Na, du weißt schon. Angehörige und so bekommen doch oft Ehrenplätze im Publikum.
Warst du auf so was noch nie neidisch?
Doch, schon...
Meguru! Du willst damit doch nicht etwa sagen...
Doch, genau das will ich damit sagen.

Aber das kann ich nicht machen. Ich bin doch gar keine Angehörige.
LÄSSIG
Natürlich bist du das! Ohne deine Unterstützung würden die Unicorn Boys doch gar nicht existieren.
Danke, Meguru! Ich liebe dich!!
Ich werd mein Bestes geben, während du mir aus nächster Nähe die Daumen drückst!
DRÜÜ ÜÜCK
Hach, das wär schön! Hihihi…
Hmm…
Nein, ich passe.

Hä...?
Also, ich freu mich natürlich! Danke!
Natürlich beneide ich dein Team. Und die Aussicht, definitiv am Event teilnehmen zu können, ist toll...
Aber das ist nicht dasselbe.
W...Was ist nicht dasselbe?!
Ich liebe den Fan-Lifestyle mit allem Drum und Dran.
Ich will Geld für meine Idole ausgeben!
Ich will mein hart erarbeitetes Einkommen wie Wasser über sie gießen!
Auf diese Weise an Tickets zu kommen, macht sie erst richtig wertvoll!
Außerdem hoffe ich, dass die Unicorn Boys noch viel, viel erfolgreicher werden!
Darum unterstütze ich sie! Darum investiere ich!
Das...

... gebietet mir mein unerschütterlicher Stolz...
... als deine Freundin, die gleichzeitig dein Fan ist!!
Äh, sorry. Da ist wohl die Leidenschaft etwas mit mir durchgegangen.
Ich kann deine Gefühle schon irgendwie nachvollziehen.
Immerhin...

Auch wenn wir zusammenleben und unser Geld im Grunde aus einem Topf kommt.
... bin ich dein größter Fan, Wako.
Ich will dich auch unterstützen.
Meguru...
Also leb den Fan-Lifestyle nach Herzenslust aus.
Danke, ich...
Schon gut! Es ist okay!

Nanu? Wo ist denn Frau Machida?
Sie ist heute früher gegangen.
Was? Aber sie sah doch ganz fit aus?
Oh!
Ach, heute ist das Release-Event der Unicorn Boys, oder?
Ich hab mich ja auch beworben, aber keine Tickets bekommen.
Ich auch nicht.
Die waren anscheinend ziemlich umkämpft.
Und ab jetzt werden sie bestimmt noch beliebter.
Frau Machida hat's gut. Die feiert bestimmt gerade, was das Zeug hält.

Hallo, alle zusammen!
Danke, dass ihr heute gekommen seid!
Wir haben uns schon so darauf gefreut, euch endlich zu treffen!

Und natürlich auch danke an alle, die das Event per Livestream verfolgen!
Ist das die richtige Kamera? Könnt ihr uns sehen?
SCHWUPP
I Love Unicorn Boys! Sasame!
Meguru du bist so süß!
Waaah!
Tja, dann wollen wir mal...
... nicht wahr?
Dass zu unserer ersten Single-Release-Party so viele Fans erschienen sind...
... ist echt der Wahnsinn!
Ja! Wir sind total von den Socken und haben hinter der Bühne nur gezittert!
Hey! Das sagst du öffentlich?
Aber die Freude überwiegt, oder?
Dass wir hier stehen dürfen, verdanken wir jedenfalls ganz allein eurer Unterstützung!
Vielen, vielen Dank!!

Dafür müssen wir uns gebührend revanchieren!
Genau!
Also dann...
Wir sind zwar ziemlich nervös, aber hier kommt...
... die Debüt-single der Unicorn Boys...
... »Grenzen verschwim-men«!

Uh...
Uh...!
Uh...!
Es geht nichts darüber, das Event direkt vor Ort per Liveübertragung zu verfolgen!!
Bitte stehen Sie nicht am Eingang rum!
Sie hatte leider nur Nieten.

my genderless boyfriend
Kapitel 35

Kurz nach dem Release der ersten Single der Unicorn Boys ...
... ging ein Video viral.
Es handelte sich um einen lustigen Zusammenschnitt einer innigen, artenübergreifenden Tierfreundschaft ...
LOVE
Ein Schuhschnabel und ein Äffchen
LOVE
... der mit dem Song der Unicorn Boys untermalt wurde.
Zwangsläufig wurde so auch der Song verbreitet und kam in die Charts ...
... wodurch auch die Unicorn Boys zunehmend ins Rampenlicht rückten.
Die topaktuelle Playlist
HOT
J-POP
Unicorn Boys
Von wem war der Song noch mal?
Von diesem Duo mit den hübschen Gesichtern.
Schlagartig ...

... wurden sie immer bekannter!
verschwimmen
Unicorn Boys
Sowohl die Klickzahlen eures letzten Videos als auch die Follower eures YouTube-Accounts nehmen kontinuierlich zu.
Ich wollte das Momentum dafür nutzen, eure Online-Präsenz...
... durch Kollaborationen mit anderen YouTubern weiter zu erhöhen ...
... als genau zum richtigen Zeitpunkt eine Anfrage kam.
Und jetzt haltet euch fest. Die besagte Person ist ein gewisser »Bro«.

Meinen Sie etwa Aki, den Sasame so vergöttert?!
Den von EXAILA?!
W…Wow, das gibt's ja nicht! *Der* Aki…?!
Und er fragt wirklich sehr hartnäckig.
Übrigens wäre es keine Zusammenarbeit mit dem offiziellen Channel von EXAILA, sondern mit Akis privatem Kanal.
Im Gegenzug dafür, dass er andere Künstler privat anfragt…
… bietet er seinen Partnern an, ohne Einschränkungen alles mitzumachen, was diese sich für das gemeinsame Video ausdenken. Er ist also mit vollem Einsatz dabei.
Akis Channel
450.000 Abonnenten
Übersicht
Videos
Uploads
In diesen Videos zeigt sich ein absoluter Megastar von seiner privaten Seite, die man nirgendwo sonst zu sehen bekommt.
Darum ist sein Channel gerade der Hit und wächst rapide.
Durch diese Kollaboration lässt sich der Bekanntheitsgrad der Unicorn Boys mit Sicherheit noch um einiges steigern.

Diese Chance müsst ihr einfach nutzen!
Also brütet eine Video-Idee aus, mit der ihr auf jeden Fall viral geht!
DRUCK
D...Das sagt sich so leicht...
Ha!
Meguru, beruhig dich und überlass mir das, klar?
Ich bin seit fünf Jahren sein Hardcore-Fan. Ich weiß, wie ich ihn perfekt in Szene setze...
... und...
... habe bereits eine Idee, die alle Fans, die sich das Video angucken, glücklich machen wird.
N...Nanu? Kann es sein, dass dich das gar nicht so umhaut, wie ich dachte?

BÄMMM
Oder besser gesagt: hundert!! Seht ihr?!
Idee Nr. 1: »Seine Muskeln bewundern«! Wie wär das?!
Er trainiert, wir stehen daneben und lauschen seinen Erklärungen!
Oder Idee Nr. 2: »Hundert Polaroids zusammen mit dem Bro«! Die ist auch nicht schlecht, oder?
Und die Fotos schenken wir den Zuschauern!
Swipe
Idee Nr. 3: »100 Fragen an den Bro«!
Ich wusste ja, dass er vermutlich total ausflippen würde, darum habe ich euch frühzeitig Bescheid gesagt, aber dass seine Begeisterung auch nach drei Tagen noch ungemindert ist...
Idee Nr. 4: »Dem Bro einfach nur beim Schlemmen zugucken«!
Und wie holen wir ihn wieder auf den Teppich...?
Idee Nr. 5: »Der Bro zieht sich live um«!
Keine Sorge. Überlass das ruhig mir.
HAH HAH HAH HAH HAH

SCHNAPP
Endlich erfüllt sich dein Wunsch, dem Bro zu begegnen, oder?
Du hast dich seit eurem Debüt ja auch mächtig ins Zeug gelegt.
ジャラッ KLIRR...
Du hast dich bis ins Gegenteil von dem verrenkt, was du sein willst, damit ihr euch besser verkauft.
Angefangen bei Fitness, Sport und Ernährung...
... über monatliche Friseurbesuche, Nail Art, Beautysalons und Schminken lernen...
J...Ja, weil Sie es verlangt haben, Herr Kanzaki.
... bis hin zu Ganzkörperhaarentfernung und Beauty-Drip-Behandlungen et cetera pp...
Na ja, nachdem ich einmal damit angefangen hatte, bin ich selbst anspruchsvoller geworden...
I...Ich dachte halt, gute Verkaufszahlen sind der kürzeste Weg, um dem Bro näher zu kommen!
ふぁさ~...っ FLUPP
Ja. Das Wichtigste hab ich allerdings vergessen.
Der Bro hat die Kollaboration mit euch angefragt...

… weil er die »hübschen, süßen Unicorn Boys einmal persönlich kennenlernen möchte«.
U…
Uwaaah!
Mit anderen Worten, du hast bei diesem Projekt die Zügel in der Hand, Meguru. Also denk dir etwas aus.
Waaas? Aber das ist zu viel Druck für mich!

Hm, ein gemeinsames Video mit Aki, dem Bro…?
Es sollte natürlich seinen und euren Fans genauso gefallen wie neuen Viewern.
Noch dazu seid ihr vom Image her das genaue Gegenteil…
Tut mir leid, dass ich dich bitte, mit zu überlegen.
Störe ich dich auch nicht bei der Arbeit?
Nein, ist schon okay. Ich hatte auch gerade eine Blockade, darum kam mir das gerade recht als kleine Atempause.
Du machst auch das Banderolen-Design, Wako?
Nein, ich hab nur fix einen groben Entwurf in Photoshop gebastelt.
Schönen Jungs beim Schönsein zugucken♥
120% Healing Power
Eine Freundschaft, die man für immer begleiten möchte♥
Ach so, und dann lässt du die Zeichnungen dazu anfertigen.
Wie dem auch sei, lass mich einmal gründlich über die Sache nachdenken.
Ideen zu produzieren ist schließlich mein Job. Das mach ich gern.

Wenn du schon mal so eine Gelegenheit bekommst, sollte es natürlich auch etwas sein, an dem du selbst Spaß hast.
Wako...
Ich liebe sie!
Hmmm...
Ich liebe ihn.
Ich liebe ihn.
Ich lieb...
Huch!
KLACK
Sorry, ich glaub, ich hab irgendwas verstellt!
Keine Angst, alles okay. Ich hatte eh nur ein paar Fotos vom Bro geöffnet.
Nanu?

Bei genauerem Hinsehen hat er ein richtig hübsches Gesicht.
Stimmt. Jetzt, wo du's sagst...
Sonst sieht man ihn immer nur mit Sonnenbrille.
Ich mach mal alles weg, indem ich...
Ah! Sein Bart ist verschwunden!
Sein Gesicht und die Haare helle ich auch etwas mehr auf...
Ach, ich mach ihm auch gleich einen Pony.
Hä?! Das geht?!
Ps Datei Bearbeiten Bild Ebenen
Drehen
Ansicht
Begrenzungen anzeigen
Unbenannte Datei 1@ 66
KLICK KLICK
Dann noch etwas Make-up auf Augen und Lippen...
KLICK
KLICK
So hier...
KLICK

Das...
... könnte funktio- nieren...

Einige Tage später...
... am Drehtag der Partner-Videos...
So ein großes Studio? Geht das wirklich in Ordnung?
Wir haben zwar alles Notwendige an Ausrüstung hier...
... aber zum Drehen verwenden beide Teams ihre eigenen Kameras.
Sehr wohl. Um das Editing und den Upload der Videos auf dem jeweiligen Kanal kümmern sich auch beide Parteien selbst.
Sie haben uns noch nicht mitgeteilt, welchen Inhalt das Video haben sollen.
Meguru würde das Ganze gern spontan filmen, weil er sich dadurch eine interessantere Reaktion erhofft.
Wären Sie damit einverstanden?
Verstehe. Wie Sie wünschen. Solange das Ergebnis interessant wird, haben wir keinerlei Einwände.
Allerdings...
... sind wir mit Aki imagetechnisch bisher ausschließlich die coole, männliche Schiene gefahren.
Auf seinem privaten Kanal lasse ich ihm zwar ein paar mehr Freiheiten...
... aber was bei dieser Kollaboration mit den Unicorn Boys...

... am Ende für ein Video herauskommen soll, entzieht sich gänzlich meiner Vorstellung.
Keine Sorge. Hauptsache, es geht viral.
Ja, das ist wahr.
Jetzt hab ich mich noch mehr aufgebrezelt als sonst.
Immerhin treffe ich endlich den Bro! Da will ich wenigstens für mein Äußeres die volle Punktzahl einsacken.
Meguru, der Penner, hat nicht mal mir verraten, was er für ein Video plant.
Ob das wirklich gut ausgeht? Hoffentlich zwingt er den Bro nicht zu irgendwas Komischem.
Aaah! Ich hab vor lauter Nervosität seit drei Tagen nicht gepennt und jetzt sieht meine Haut furchtbar aus!!

Guten Tag.
Bitte entschuldigen Sie, die Vorbereitungen haben etwas länger gedauert als geplant.
Oh, Meguru ist gekommen.
KLACK
HEKTIK HEKTIK
Mann, das wurde auch Zeit, Megu...
KVIRR
...ru...
TONK

Also dann…
Fangen wir an.
Meguru?!
Fortsetzung im nächsten Kapitel

W...
Wie siehst du denn aus?!
my genderless boyfriend
Kapitel 36

Was sagst du zu meinem Outfit? Steht mir besser als gedacht, oder?
Aber was hat denn das mit den Unicorn Boys zu tun?!
Wie stellst du dir das vor?! Wir filmen gleich mit dem Bro!
Hm? Wieso? Der findet mein Styling bestimmt toll.
Und du doch auch, oder, Sasame?
Uh...
S...So toll jetzt auch nicht...
Sicher?
Das ist eine Schwestermarke jener Marke, von der eines seiner Bühnenoutfits stammt.
Soll ich dir den Insta-Account verraten?
Da gibt's auch einen Rabatt-Code.
Ich mag dieses Teil aus der aktuellen Kollektion!
Das könnte man mit diesen Piercings kombinieren.
Ooh!
Super Idee!!
Von wegen!!
Bist du sicher, dass deine Video-Idee funktioniert?! Ich hab immer noch keinen Peil, was wir machen!!
Keine Angst. Vertrau mir einfach.
Ha! Sehr witzig! Ich hab mich so gefreut, dass der Bro sich für die Unicorn Boys interessiert und dann tauchst du hier in solchen Klamotten auf!!

Wir sorgen dafür, dass er uns noch mehr mag!
Das wird doch nie was...
Was jetzt?! Was mach ich nur?! Was soll ich tun?!
Endlich treffe ich den Bro und nichts läuft!
Was, wenn er mich hinterher hasst? Dann wär mein Leben vorbei!!
Du willst nach Tokyo gehen?

Ich weiß ja, dass du den Bro bewunderst, aber geht das nicht zu weit?
Was wird aus den Feldern?
Was soll ich damit?! Die kann mein kleiner Bruder haben!
Na gut, ich werd dich nicht aufhalten.
Aber sei hinterher nicht enttäuscht, wenn der Bro nicht deinen Erwartungen entspricht.
Hä?!
Ich hab gehört, dass Promis bei ihrem Aussehen allerhand nachhelfen und sich in der Öffentlichkeit extrem verstellen.
Und die Hinter-gründe ihrer Fotos sind unnatürlich verzerrt oder ihre Körper sind so groß wie Monster.
Der Bro ist hundertpro cool!! Der hat solche Tricks nicht nötig!!
Und sogar bei Livestreams und Videos benutzen sie Filter, als wär nix dabei und so.
Er ist auch in echt cool!!
Er ist cool...!!

Oh! Aki ist im Studio einge-troffen.
Ha!
Dann lassen Sie ab jetzt die Kamera laufen.
Geht klar.
Crew
Hier kommt...
KLACK
... mein wahres und einziges Idol.
Der stärkste Mann, den ich kenne...!

Imposant
Hiiiek!
Er ist's wirklich!
Aki von EXAILA!
VERBEUG
ZUCK ZUCK
SWUPP
SCHRECK
ズイッ
SCHWUPP

Ich bin Aki. Sehr erfreut.
Vielen Dank, dass ihr meine Anfrage zu einer Channel-Kollaboration angenommen habt.
Ich hoffe, dass wir heute viel Spaß haben werden.
OMG! Ich liebe ihn!!
Waaah! Ganz meinerseits! Ich bin Meguru von den Unicorn Boys!
Wir haben zu danken!
Oh, aber auf Twitter sind wir ja schon eine Weile Mutuals.
Stimmt. Endlich lernen wir uns auch persönlich kennen.
Ich hab dich zuerst auf Insta gefunden und fand deine Outfits echt süß.
Das hör ich gern! Aber guck mal, was ich heute anhab!
Sag bloß, das ist von mir inspiriert?
Ist es!
Find ich gut. Und es passt zu unserer Kollaboration.
Ich bin froh, dass es dir gefällt!
Siehst du? Er ist kein bisschen enttäuscht!
Und er ist viel freundlicher, als ich dachte. Der ist definitiv voll nett!
Los, Sasame! Das ist doch die Gelegenheit, ihm zu sagen, dass du sein Fan bis...

Hallo! Ich bin Sasame von den Unicorn Boys.
KLIMPER
KLIMPER
Ich kann immer noch nicht glauben, dass du uns für eine Kollaboration angefragt hast. Ist das ein Traum. . .?
Ooh, Sasame von den Unicorn Boys.
In echt bist du auch total süß.
Äh...
Das hör ich oft!
Schlag mich bitte irgendwer!!
Okay, dann kann's ja losgehen.
Was habt ihr denn für heute geplant?
Plaudern? Kochen? Oder überfallt ihr mich mit irgendwas?
Na ja, es ist wohl schon so eine Art Überfall.
Kannst du dich hier hinsetzen?
Oh, was kommt jetzt? Muss ich Angst haben?
Nein, es tut nicht weh.
Das heutige Thema lautet nämlich...

↑Bild vom letzten Kapitel

Ich...
soll dieses Make-up...?
Da! Prompt hat sich ein Schatten auf sein Gesicht gelegt!
Dieses hier...?
Ja, oder?!
Br... Ich mein...
... Aki! Lass uns lieber meine Idee nehmen!
Wir backen zusammen einen Ein-hornkuchen!
Wenn schon Make-up, dann lieber eines in der Art, wie ihr euch schminkt.
Ich möchte ein süßes Make-up und kein cooles.
?!

Ich wäre nämlich eigentlich lieber süß als cool.
Ich will auch farbigen Lidschatten mit Glitzer, so wie ihr.
Und roten Lippenstift.
Und ich würde auch gern mal süße Klamotten anziehen.
W...Wie bitte...?
Dann hab ich recht gehabt?!
Hä...?
Mir war aufgefallen, dass du deine Barthaare...
Epilierst? Ja, das stimmt.
Ich hab's gewusst! Man sieht nämlich fast keine Poren!
Und deine Haare und Nägel sind auch super gepflegt!

Darum wusste ich, dass du Interesse an Kosmetik hast.
Dann war's also nicht K-Pop, sondern mehr unsere Stilrichtung!
Wow, du bist echt aufmerksam, Meguru.
Das ist jetzt nicht für die Kamera bestimmt, aber...
... als meine Agentur mich gescoutet hat, haben sie beschlossen, mich als cool zu vermarkten.
Ich versuche, mein Image nicht zu gefährden, aber manchmal ist es echt hart.
Darum war ich ein bisschen neidisch auf euch...
... und hab euch um eine Kollaboration gebeten.
Der Bro...?
Und jetzt bekomme ich sogar ein Make-up!
Tut mir leid, dass ich Sonderwünsche habe...
Der Bro **auch**...?

... aber ich dachte, wenn ich schon mal so eine Chance bekomme, möchte ich einmal so aussehen, wie es mir selbst gefällt.
Ähm!!
ばっ
VERBEUG
Also...
Um ehrlich zu sein...

... find ich dich auch voll genial...
Hä?! Ist das eines der limitierten T-Shirts, die es zum zehnten Jubiläum von EXAILA zu kaufen gab?!
THANK YOU!
Hä?! Wie jetzt?! Sag bloß, du...
Ja, Mann! Ich bin dein größter Fan!!
Oh Gott! Bist du jetzt enttäuscht von mir?!
Ach Quatsch, nicht die Bohne, Mann! Im Gegenteil! Ich find das so krass genial!!

Hey, deine Sprechweise passt überhaupt nicht zu deinem Gesicht.
Echt?
Okay, dann...
... zeig ich mal, was ich draufhab!

Hey, hast du schon das Video von Aki und den Unicorn Boys gesehen, das gestern hochgeladen wurde?
Das, das sofort getrendet hat?
Ja, hab ich! Das war super!
530.000 Aufrufe • vor einer Woche
Vor einer Woche
ideos
Imagewechsel
So was ist auch mal ganz schön.

Kapitel 37
Zwei Genderless Boys in ihrer heilen Welt
Kaoru Kondo
Süße
Eine Freundschaft, die man
Danke, dass Sie den ganzen Tag mit mir die Buchläden abgeklappert und Bücher signiert haben.
Und noch einmal herzlichen Glückwunsch zum Erscheinen von »Zwei Genderless Boys in ihrer heilen Welt«!
Bitte sehr! Heute dürfen Sie trinken, so viel Sie möchten!
S...Sind Sie sicher, dass ich so teures Fleisch verdiene?
Reden Sie keinen Unsinn! Wir feiern die Veröffentlichung Ihres neuen Werks!
Und nicht zu verges-sen...

Herzlichen Glückwunsch, dass wir den Band bereits nachdrucken müssen!!
Zum Wooohl!!
my genderless boyfriend
Kapitel 37

Aber ich bin wirklich überrascht.
Nach über zehn Jahren als professioneller Mangaka...
GLUCK
GLUCK
... war ich kurz davor, den Bleistift endgültig aus der Hand zu legen, nachdem ich für diverse Verlage gezeichnet habe und meine Bücher sich nie verkauft haben.
Ich hätte nie gedacht, dass mal der Tag kommt, an dem ich einen Manga veröffentlichen darf, bei dem ich einfach nur meine Interessen nach Herzenslust auslebe.
GERÜHRT
Was reden Sie denn da?! Sie haben schon immer zur Avantgarde gehört!
Und nun hat die Welt Sie endlich entdeckt!
Ich lese Ihre Werke schon seit Ihrem Debüt!
BAMM
Danke, Frau Machida. Sie sind eine nette Frau mit Subkulturgeschmack.
Brauchen Sie einen Beweis?!
Hier, sehen Sie nur!
Der Tweet mit der Leseprobe wird in einer Tour geteilt!!
Zwei Genderless Boys in ihrer heilen Welt
08:00 8. Mai 2021 Twitter Web App
3025 Retweets 102 Zitierte Tweets
23.000 »Gefällt mir«-Angaben
Twittere deine Antwort
Mir selbst ist Promo ja immer zu lästig, aber es lohnt sich anscheinend doch, alles mal zu probieren.
Lassen Sie uns alles versuchen, was geht!
SCHWING
SCHWING
SCHWING
Sie nehmen wirklich begierig jede Mühe auf sich, Frau Machida.

* einseitiger, kostenloser Bonusmanga

** Abk. für »super deformed«, sprich: Miniversionen der Charaktere

Wir haben eine Anfrage eines Fernseh-studios erhalten, »Zwei Genderless Boys« als TV-Film adaptieren zu dürfen!
Ich habe die Mail heute erhalten!
Ich wollte eigentlich auf das Exposé war-ten, um mir erst mal selbst eine Meinung bilden zu können …
… aber so gute Nachrichten kann ich Ihnen nicht vorent-halten!
Hier …
… ist die Mail …

Finden Sie nicht, dass das ein bisschen albern ist?
N...Nanu? Freuen Sie sich gar nicht?
Doch, natürlich, grundsätzlich schon.
Meine Frau und meinen Sohn, die mich für arbeitslos halten, und meine Mutter auf dem Land würde das sicher auch freuen.
FLAPP
Aber wie Sie wissen, hat »Zwei Genderless Boys«...
Ich bin endlich hinter dein Geheimnis gekommen, Adam.
Äh...
Was...?
Hihi, warum erschreckt dich das so?
Das ist doch alles ganz harmlos.

Also, dein Zweitaccount.
D…Das kann nicht sein! Wie hast du…
Der Name deines Haustiers ist einfach zu speziell.
Wenn du nicht aufpasst, kann man ganz leicht danach suchen.
Sag nicht…
… dir gehört der Account mit dem Beagle auf dem User-Pic?
W…Wie hast du das erraten…?
Weil das Foto, das du meinst, nur drei Likes hatte.
Und die anderen beiden waren von meiner Mutter und meiner kleinen Schwester.

... null Handlung.
Ha!
Die Story wird nur durch die Gesichter getragen.
Und die Panels bestehen fast nur aus Close-ups.
Ehrlich gesagt, kann ich mir nicht vorstellen, dass es Schauspieler gibt, die für diese Rollen taugen.
Es tut mir leid, wenn ich arrogant klinge, aber das ist nun mal der Kern dieses Manga.
Und wenn die Leser ihn schon mögen, will ich sie auch nicht enttäuschen.
Wenn, dann gibt es nur zwei Personen, die als Darsteller infrage kämen...
Stopp!!
Sprechen Sie ihre Namen nicht aus.
Ich weiß leider, dass das völlig unmöglich wäre.

Sie haben recht...
Ich wollte einfach nur mal laut fantasieren.
Es war nichts weiter als betrunkenes Gebrabbel.
Haha...
Hahahaha...
Es ist so bitter...

Zum ersten Mal in meiner Karriere habe ich so ein Angebot.
Diese Chance will ich nicht ungenutzt lassen.
Aber die Wünsche meiner Autoren müssen oberste Priorität für mich haben.
Haben Autoren kein Mitspracherecht bei der Besetzung?
Nein. Und mir sind da auch die Hände gebunden.
Sonst würde ich ohne zu zögern meinen Willen durchsetzen.
Deinen Willen...?
WUPP
GUCK
Uh...!
Uuuh...!
...?

STRAHL
Aber so beliebt, wie »Zwei Genderless Boys« ist, bietet sich doch bestimmt noch mal eine Chance.
Vielleicht musst du einfach nur aufs richtige Timing wart…
Uuuuuh…
Du hast schon recht.
Ich kann ja eh nichts tun.
WANK WANK WANK
WANK
Ich warte auf das Exposé und entscheide dann.
Wako…
MURMEL
Uuh… Ich will's sehen…
MURMEL
Das Gymnasium, die Schleifen…

* Barbecue koreanischen Ursprungs

Kennst du den hier?
Das ist ein Manga, der vor Kurzem erschienen ist.
Jungs
Oh!
Ja, die Banderole hab ich schon mal gesehen!
Die Banderole?
Äh, also den Inhalt hab ich natürlich auch gelesen!
Ich fand's originell, dass nur hübsche Jungs darin auftauchen.
Dann muss ich ja nicht viel erklären.
Es steht zwar noch nichts fest…
… aber für diesen Manga ist eine TV-Adaption im Gespräch.
Hm? Und wieso weiß Herr Kanzaki davon?
Die Produzentin würde gern die Unicorn Boys…
… für die Rollen von Adam und Oliver verpflichten.
Wenn das Projekt Realität werden sollte, wäre das eine Riesenchance für euch.

Das wäre deine erste TV-Rolle.
Nimmst du das Angebot an oder nicht?
äge für die Besetz
Oliver:
Meguru Soma
eburtstag: 25.12.
Okta Company
Follower: Instagra
Unicorn Boys

Wir akzeptieren!
PLING—

Äh, ich hab Ihnen doch gerade erst das Exposé geschickt.
Ja, wir nehmen an!
A...Aber muss Herr Kondo das nicht erst genehmigen?
Keine Sorge. Ich hab ihn bereits informiert.
... Wow, sind Sie schnell!
Aber warum piept denn Ihr Handy ununterbrochen?
Oh, das können Sie hören?
Äh, ist alles in Ordnung?
Kondo, Kaoru
Natürlich!!
Fortsetzung im nächsten Kapitel

Kapitel 38
Das TV-Drama am Samstag
Heute Vormittag ist Sasame allein am Set und ich am Nachmittag.
Wir drehen alles in drei Tagen ab.
Wahnsinn, wie schnell das alles geht. Es ist gerade mal einen Monat her, dass wir das Angebot bekommen haben.
Das Drehbuch kam auch sofort und bald starten die Ankündigungen.
Ist mein Schauspiel okay?
Bin ich dem Team auch kein Klotz am Bein?
Bin ich überzeugend genug als Oliver?
Nein, Schluss damit!
PATSCH
PATSCH

Lass uns bis zum Schluss alles geben!
Ja!
my genderless boyfriend
Kapitel 38

Du machst dich heute ja auch richtig schick, Wako.
Logisch! Ich gucke heute immerhin am Set meiner Serie zu!
Ich texte Herrn Kondo noch mal...
... kaufe auf dem Hinweg ein Mitbringsel, treffe meine Chefin...
HETZ HETZ
HETZ
... und gegen 14 Uhr fahren wir dann ins Studio.
Okay. Ich kenne zwar den Ablauf nicht, weil das mein erstes Mal ist...
... aber ich werde sicher auch den Autor begrüßen, oder?
Ja, ich denke schon!
Wow! Dass wir mal zusammen-arbeiten.
Ich freu mich schon darauf, dich im Work-Modus zu erleben, Wako.
Ich glaube zwar nicht, dass wir am Set ungestört reden können...
... aber meine Augen werden bestimmt die ganze Zeit an dir kleben.
Oje, was, wenn ich grinsen muss?
Meguru!
FREU FREU

Du weißt Bescheid, oder?
Ja...
Kein unnötiger Augenkontakt! Auf Abstand bleiben!
Kein Ansprechen! Kein Anlächeln!
Niemand darf erfahren, dass wir ein Paar sind und zusammenleben!
Wir sind einfach nur zwei Leute, die sich am Arbeitsplatz begegnen!

Wow, heute ist es also endlich so weit.
Ich hab letzte Nacht kein Auge zugemacht. Ich war so nervös, weil ich heute auf keinen Fall zu spät kommen wollte.
Ein Glück, dass alles geklappt hat.
Ja, ich hab auch die ganze Nacht das Video der Unicorn Boys rauf- und runtergeguckt
Kann ich mir denken.
Hier geht's zum Studio.
Ich bin heute auch dabei.
Wakos Chefin
Es wird ein Special Drama, also ein abgeschlossener TV-Film.
Wahnsinn, dass die das hinbekommen haben.
Ja, nicht wahr? Wer hätte gedacht, dass sie die perfekte Besetzung finden?
Wir sind da. Hier ist es.
Lil' Bear Highschool
Was? Aber ist das nicht eine Schule?

Nein, das ist das Set.
Hä?!
Bear Highschoo
Guten Tag, mein Name ist Oshima. Ich bin die Produzentin.
Das ist Herr Mizuasa, der Regisseur...
... und hier haben wir einen Teil der Crew.
Hallo, herzlich willkommen!
ばーーんっ
BÄMM
B... Boah...
Den Machern liegt dieses Projekt sehr am Herzen...
... und ein gewisser Produzent hat sich entschlossen, die Unicorn Boys künftig zu pushen.
Deshalb hat man ein Werk gesucht, das sich nur mit den Unicorn Boys umsetzen lässt, und wurde mit »Zwei Genderless Boys« fündig.
Sie hat gemerkt, dass der Manga von ihnen inspiriert ist, oder?
Glaub ich auch.
Wenn der Film ein Erfolg wird, besteht wohl die Möglichkeit, dass hinterher auch noch eine TV-Serie produziert wird.

Mein Manga jede Woche im Fernsehen...?!
Herr Kondo...
Ha!
Au weia! Das hätte ich fast vergessen! Wir müssen ganz viele Fotos machen, damit Sie einen Manga-Report vom Filmset zeichnen können!
Ich frag mal schnell um Erlaubnis!
D...Danke, Frau Machida!
Ich will, dass Herr Kondo künftig noch viel, viel gefragter wird!
Also muss ich mich noch mehr für ihn ins Zeug legen!!
Ah!
WUMS
Verzeihung, ich hätte nicht rennen dürfen...
Nein, ich muss mich entschuldigen. Sind Sie in Ordnung?

Meguru, du bist bald dran.
Ja!
Aah, ich bin so nervös! Mein Herz pocht wie verrückt.

VODOM
Ich will Wakos Lieblingswerk auf keinen Fall ruinieren!
Ich darf sie nicht enttäuschen!
DODOM
Keine Sorge. Sasame ist erstaunlich locker.
Siehst du?
Der Autor und die Leute vom Verlag sind gerade hier.
Geh sie am besten auch gleich begrüßen, Meguru.
Oh!
Da ist Wako! Sie ist wirklich gekommen!
Aah! Oje, ich kann mein Lächeln nicht unterdrücken.

Das ist Herr Kaoru Kondo, der Autor des Originalwerks.
W... Waah! Sasame im Original!
Er ist auch in echt so zierlich und süß! Diese strahlende Aura!
Herr Kondo ist schon seit eurem Debüt ein großer Fan der Unicorn Boys, verpasst kein Event und checkt all eure Social-Media-Posts.
Ihr habt ihm für »Zwei Genderless Boys« als Inspiration gedient.
Was für eine Ehre! Vielen Dank!
Er hat gesprochen!
Nein, wir haben zu danken.
Hätten Sie Lust, ein Foto mit mir zu machen?
Äh...
Hä ...?!
Dann lassen Sie mich die Kamera bedienen.
Wahnsinn! Wako ist total professionell...
KNIPS
KNIPS
... und benimmt sich wie eine richtige Redakteurin.

Normalerweise würde sie...
Er ist so
Kyaaach!
Hah...
Hah...
... so reagieren, aber sie reißt sich tapfer zusammen und lässt sich nichts anmerken.
Sie ist so toll. Wie hart sie arbeitet!
Ich hab solchen Respekt vor ihr. Ich verliebe mich glatt noch mal in sie.
Sasame!
Oh, ich muss dann mal wieder.
Viel Erfolg für die weiteren Dreharbeiten.
Aber dann schafft sie es bei mir vielleicht auch, professionell zu bleiben.
Ihre Sorge aufzufliegen war wohl unbegründet.
Tss...
STAUN
Hm?

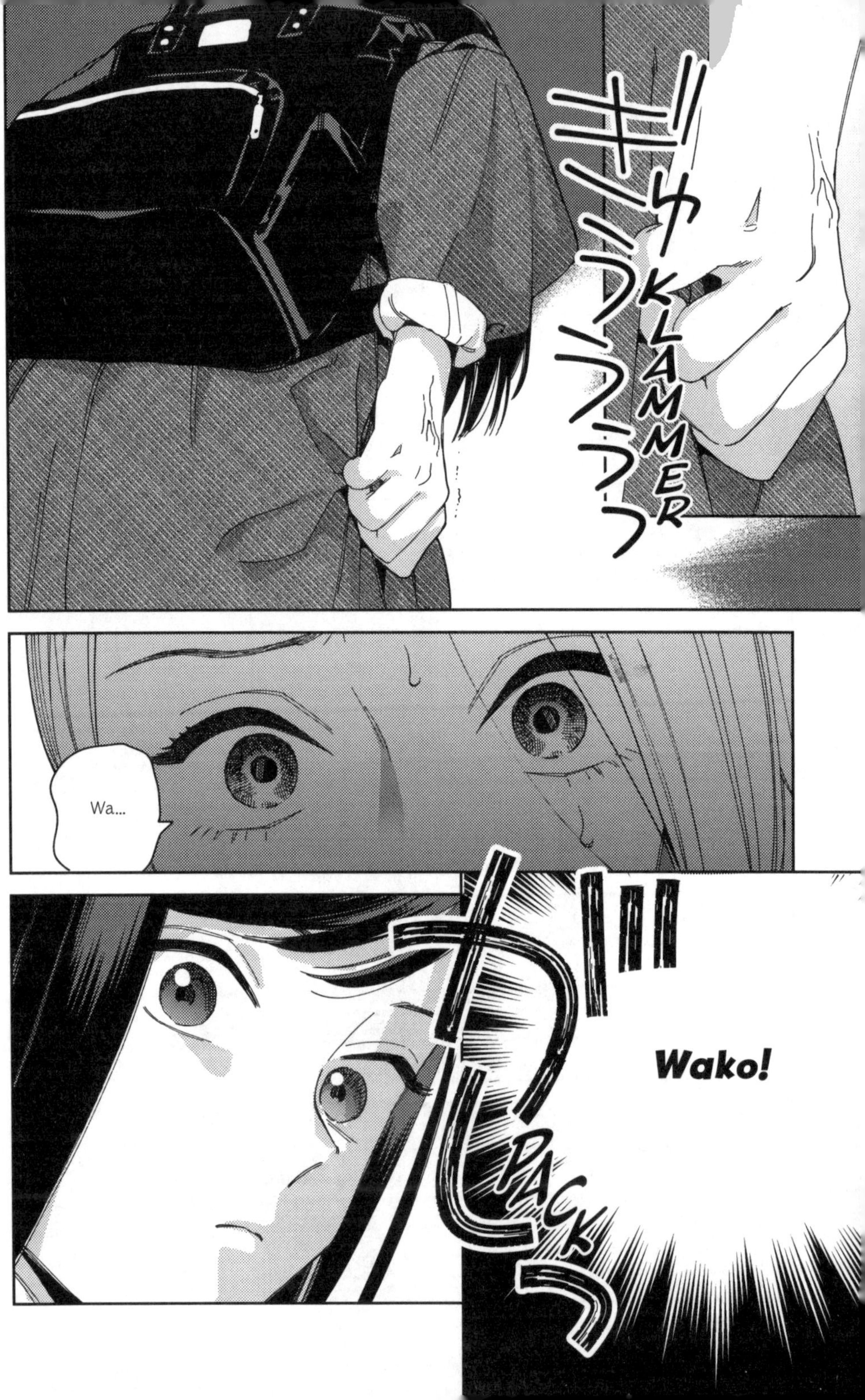
KLAMMER
Wa...
Wako!
PACK

LOSLASS
Oh nein! Ich hab den Anblick nicht ertragen und einfach nach ihrer Hand...
Ups, ähm, ich wollte, äh... Verzeihung!
Ich bin gestolpert, hahaha...
ZING
D...
KRIEEEK
Das ist Herr Kaoru Kondo, der Autor des Originalwerks.
KYAH KYAH
Herr Kondo ist schon seit eurem Debüt ein großer Fan der Unicorn Boys, verpasst kein Event und checkt all eure Social-Media-Posts
Ihr habt ihm für »Zwei Genderless Boys« als Inspiration gedient...
Waaah! Verzeih mir, Wako! Es tut mir so leid!!
KRIEEEK

Hallo Meguru. Schön, dich kennenzulernen. Ich bin Kaoru Kondo, der Autor von »Zwei Genderless Boys«, und das ist meine Redakteurin Frau Machida.
Du musst wissen, sie ist schon seit Ewigkeiten dein Fan.
SCHIEB
Los! Hauen Sie alles raus, was Sie für ihn empfinden!
Äh, aber wir sind beruflich hier...
Reden Sie keinen Blödsinn! Nutzen Sie Ihre Chance!
Ähm, na ja...
Sie waren von der ersten Stunde an Unicorn Boys-Fan und haben Megurus Aktivitäten auch schon vor ihrem Debüt verfolgt, oder?
Oho...
Außerdem folgen Sie ihm auf allen Apps und gucken sich jeden seiner Livestreams an!
Sogar das Single-Release-Event, für das Sie keine Karten bekommen haben, haben Sie live vor Ort am Handy geguckt!
Weiß ich doch.
Und sämtliche Fanartikel kaufen Sie dreifach: einen zum Aufbewahren, einen zum Angucken und einen zum Benutzen!
Weiß ich auch.
Sie sagt, sie hat sogar einen Screenshot gemacht, als du mal einen Kommentar von ihr geliked hast!
Das wusste ich noch nicht.

Danach hat sie das Foto ausgedruckt und seitdem hängt es über ihrem Büro-schreibtisch!
...
Na los!
Los!
Jetzt reden Sie schon!
Ähm...
Ich...
Ich meine...
Meguru...

Ich liebe dich.

Adam! In diesem Konbini gibt es keine Azuki-Riegel.
Doch, Oliver.
Aber nur als Schachtel. Wusstest du das noch nicht?
Megurus Teint hat heute noch mehr gestrahlt als sonst.
Ist das nicht schön, Frau Machida?
Zum Glück bin ich auch mitgekommen. Das hat sich doch gelohnt.
Trotz der spontanen öffentlichen Liebeserklärung blieb das Geheimnis der beiden gewahrt.

my genderless boyfriend

my genderless boyfriend
Kapitel 39

9:41 AM
Vor sieben Jahren...
Was?! Du kommst nächsten Monat nach Tokyo?!
Ja. Ich dachte, wenn wir mit unseren Klausuren durch sind, ist das Timing günstig.
Außerdem will ich dort ein paar Dinge kaufen.
Die Videoausrüs-tung, von der du geredet hast?
Ja, meine Follower werden langsam mehr und ich hatte jetzt sogar schon Werbeeinnahmen.
Wenn auch nur ein paar.
Glück-wunsch! Das ist ja toll! Man braucht also nur Geduld!
Warum drehst du nicht auch gleich ein paar Videos hier?
Vom Einkaufen, Essen oder den Touri-Spots, die du besuchst?
Ja, das hab ich vor. Und wenn du magst, wäre es schön, wenn du mich begleitest.
Klar! Lass uns ganz viel machen! Ich nehm mir frei.

* Stadtbezirk von Tokyo

Ich bin gespannt, wie du dich verändert hast, wenn wir uns nächsten Monat sehen.
Äh...
Oh nein. Ich hab mich kein bisschen verändert.
Ich pendle bloß jeden Tag zwischen Uni und Arbeit und hab bisher kaum irgendwas Tokyo-mäßiges (?) gemacht.
Ich achte höchstens noch weniger auf mein Aussehen als zu Hause.
BOOOOOOO
Ich hab keine Ahnung, was derzeit angesagt ist, esse kein Trendfood und verfolge so was auch nicht.

スクッ
AUFSTEH
Auch wenn wir regelmäßig videochatten, wird das unser erstes Treffen seit einem halben Jahr.
Soll heißen...
Darf ich Meguru, der so von Tokyo schwärmt, unnötig enttäuschen?
Nein!
Auch wenn ich kein Glow-up hingelegt hab, kann ich zumindest mein Bestes geben!
カッ
TOCK
Ich bin jetzt ein City Girl...
... also hab ich gegoogelt bis zum Umfallen und mich aufgebrezelt!

Wako! Lange nicht gesehen!
Uwaaah!
Ist er süüüüüß!
Endlich seh ich dich mal wieder in echt! Ich freu mich so!
Deine Haare sind länger! Und dein Kleidungsstil ist auch etwas anders, oder? Das steht dir mega!
Kann ich neben dir überhaupt mithalten? Ich werd ganz nervös!
Hey, lange nicht gesehen... Das geb ich eins zu eins so zurück...
Verlier jetzt bloß nicht den Kopf! Bis hierher lief alles wie erwartet.
Ich hab das im Kopf tausend Mal geübt!

Als City Girl muss ich ihn souverän rumführen.
Wollen wir dann los? Sonst wirst du noch gescoutet.
Äh, Richtung Westen, Ausgang...
BIEP
B15, oder? Da drüben!
Er hat die App installiert. Ich benutz noch die Plastikkarte.
Ticket-App
Rot war die Farbe der Oedo-Linie, oder?
Er manövriert dieses Labyrinth schon besser als ich.
Oh, Verzeihung. Nach Ihnen.
Er behält selbst im Gedränge die Übersicht.
Hier hat eine neue Filiale eröffnet.
Er ist supergut informiert.
Und wie süß er aussieht!
Er fügt sich perfekt ins Stadtbild ein und wirkt kein bisschen fehl am Platz.
Er sieht aus wie einer der Promis, die man immer im Fernsehen sieht.

Wie süß!
Wow! Das Bild verwackelt gar nicht!
Lass uns damit ein Shopping-Video drehen!
So süß!
Wollen wir jeder was anderes bestellen und teilen?
Der Stoff von diesem Second-Hand-Teil ist echt super.
So süß!
Er ist einfach zu süß!

Puh, alles geschafft, was ich vorhatte.
Inklusive der meisten Einkäufe.
Zeig mir doch noch einen deiner Lieblingsorte, wenn du magst.
Wo triffst du dich mit Freunden? Kennst du ein Restaurant, das du empfehlen kannst?
SCHMAAAAACHT
Nein...
HA!
Falsche Antwort!
Äh, doch ...!
Ich glaub, hier in der Gegend ist ein Restaurant, das gerade überall auf Social Media war! Wollen wir da zu Abend essen?
Wow! Wie stylish! Da will ich hin!
Nanu...? Ist ja seltsam...

Eigentlich müssen wir hier nur geradeaus gehen...
Ist das nicht ein Wohnviertel?
Aber laut Karte müsste es hier sein.
Mir ist jedes Restaurant recht!
Nein, nein, du bist doch extra zu Besuch in Tokyo.
Aber...
Keine Angst! Ich mach das schon!
KNUUURR
Ihr Magen knurrt...
...
Wako! Ich will hier rein!
Hm? War da noch ein anderes schönes Lokal?!
Ja, also lass uns da reingehen.
Tiger Sushi
BÄMM

Äh... Aber das...
... ist eine Kette...
Ist doch okay. Außerdem hast du dir Blasen gescheuert. Das tut doch bestimmt weh.
Oh...!
ストーン
FLUMP
Um ehrlich zu sein, hab ich noch gar nichts von Tokyo gesehen.
Ich hab mich heute zwar optisch ein bisschen ins Zeug gelegt...
... aber im Grunde bin ich hier auch nicht viel anders als zu Hause.

Sorry! Ich glaub, aus mir wird so schnell keine stylishe Tokyoterin!
Bist du jetzt enttäuscht?
Nein, eher beruhigt.
Wie...?
Mein Hauptziel für heute war, dich hier in Tokyo zu erleben.
Wir haben zwar jeden Tag Kontakt, aber ich war die ganze Zeit unsicher.
Die Vorstellung, dass du weit weg von mir allein Spaß hast, hat mich traurig gemacht.

Ich dachte, dass du mich sofort vergisst, weil dein Leben hier so aufregend ist.
Meguru...
Ach was! Das könnte ich ga...
DSCHIUUU
?!
STOPP
HEPP
Hab ich mich erschrocken! So funktioniert das hier...?
Bist du etwa zum ersten Mal hier?
Ja. Gerade weil's die Kette überall gibt...
Ehrlich gesagt, ich auch.

Ich find's schön, dass ich mit dir ein erstes Mal in Tokyo erleben kann!
Stimmt...
Ja, oder?
Umgekehrt ist auch gut!
Umgekehrt in **Tokyo!**
Ein umgekehrtes erstes Mal!

Okay! Wenn wir schon mal hier sind, lass uns ordentlich reinhauen!
Unser erstes Laufband-Sushi in Tokyo!
Unser erster Thunfisch und Konbu-Tee!
Unser erstes spätes Abendessen!
Yaaay!
Oh, aber...
... musst du nicht langsam zum Bus?
Fährt jetzt noch einer?
Hä?! Ah!
Stimmt ja! Das hab ich ganz vergessen!
Waaah! Und jetzt?! Wieso ist es schon so spät?!
Keine Sorge. Mit Umsteigen fahren vielleicht noch Bahnen.
Check doch mal die App.
Ich hab keine App zum Umsteigen installiert.
Hää?! Obwohl du sogar die Ticket-App hast?!

Na ja, ich dachte halt, so was brauch ich heute nicht zu recherchieren...
Ach ja...! Du kannst ja bei mir schlafen!

my genderless boyfriend
Kapitel 40
TOWN

< Für dich
Rückblicke
n Toshima
Hihi! Wow, ist das lange her.
Was guckst du dir an?
In meinen Memories wird mir ein Foto von unserem ersten Date in Tokyo angezeigt.
Guck mal.
Ooh! Ja, ich erinnere mich!
Wir waren damals so dicht dran.
Ja, aber wir waren ja zum ersten Mal in dieser Gegend.
Wie viele Jahre ist das jetzt her?
Angeblich heute vor genau sieben Jahren.
Was?! Echt?! Ist das nicht ein Wahnsinnszufall?!

Wir haben am gleichen Tag ein Date am gleichen Ort!
Außerdem wird das...
... unser erster Aquariums-besuch!
Yaaay!

Waaah! Hier kann man bestimmt tolle Fotos machen! Das Licht ist so schön!
Oh! Ich will nachher die Pinguinfütterung angucken gehen!
Dann lass uns von hier aus rumgehen.
Ich glaub, zuletzt war ich...
... auf der Highschool mit meiner Familie im Aquarium.
Und ich in der Grundschule, oder?
Ich bin ganz aufgeregt! Du auch?
Das ist unser erstes richtiges Date-Date, oder?
Hm? Echt?
Ja, normalerweise gehen wir doch shoppen, essen, zu (meinen) Hobbyveranstaltungen oder Fotos machen.
Heute wären wir ohne die Rabatt-Tickets auch nicht extra hergekommen.
Oh! Hier wäre doch ein guter Spot!

KNI
PS
Was für eine Pose?
Breites Lächeln und Victory-Zeichen!
Nanu...?
Wow, komplett schwarz.
Komisch, ich dachte mit dem Licht aus dem Aquarium im Hintergrund werden die Fotos bestimmt toll.
Ach so, das Gegenlicht ist schuld.
Das wird ganz schön knifflig.
Und vor den bunten Fischen stehen die ganzen Leute.
Blitzlicht ist auch verboten.
Und sich selbst in der Scheibe zu spiegeln, ist die Hölle.
SUCH SUCH
Hmm, wo wäre ein guter Spot?
Oh!
Hier ist niemand! Das müsste gehen, od...
SCHWIMM

Uwah!
SCHLÄNGEL
Uwah, Kraken sehen ganz schön heftig aus, wenn sie sich bewegen.
Findest du nicht auch, Wa...
WIGGLE
WIGGLE
D...
Der ist ja süß!
Wow! Wie der sich verbiegen kann!
Und die Saugnäpfe sind riesig! Ich hab keine Ahnung, was da was ist!
Haha! Er ist hergekommen! Echt gewaltig!
Ich mach mal ein Video!
KNIPS
KNIPS

KNIPS
Oh! Guck mal, Meguru! Da drüben ist ein Mendako*!
KNIPS
Oh! Die kenn ich.
KNIPS
Kyaaah! Und guck mal hier! Ein blaugestreifter Krake!
Äh, okay...
Hm...
Tintenfische!!
Oh. Du magst Tintenfische also generell.
KNIPS
KNIPS
Hah...! Hah...!
Hah...!
KNIPS
KNIPS
Ah!
* Opisthoteuthis depressa
Was?! Oh nein!
So schnell?!
Mails
Kalender
Fotos
Kamera
Wetter
Maps
Batterie fast leer
Noch 10% Batterieladung
Stromsparmodus
Zwei Genderless Boys in ihrer heilen Welt
Hilfe! Wie viele Krakenfotos hab ich gemacht?!
Ich hab doch noch gar kein Foto von dir!
Oje. Alles okay?
Soll ich dir mein Handy leihen?
Alles gut! Ich hab heute einen Ersatz-Akku dabei, damit ich ganz viele Fotos machen ka...

どよ――ん…
GRABESSTIMMUNG
Glaubt man das?
Dabei war das die Chance, Fotos von einem süßen Jungen mit Fischen zu machen. Die perfekte Kombination!
Und ich knipse nur Kraken! Kraken! Das ist nicht lustig.
Haha!
Ach komm, sei nicht traurig! Ich mach ganz viele Selfies!
Aber ich wollte richtige Fotos von dir machen!
Schick sie mir trotzdem per AirDrop!
Ich fand dich vorhin süß. Dass du von etwas anderem als mir so viele Fotos machst, war mal was Neues.
Uh...
Uuh...

Damals hast du auch auf mich Rücksicht genommen.
Heute hab ich zwar aufgepasst, dass ich mir keine Blasen scheuere, aber die neue Tasche war ein Fehler.
Ich hab mich schon gewundert, weil ich die Tasche noch nie gesehen hab.
Hast du die extra für heute gekauft?
Oh! Und du hast sogar die Farbe deines Make-ups darauf abgestimmt, oder?
Ja...
Aber selbst, wenn ich mich aufbrezle, an irgendwas hapert es immer.
Trotzdem will man sich für Dates doch schick machen...
... egal das wievielte es schon ist, oder?

Sorry, ich konnte nicht anders. Du bist so süß.
Aber es ist ja grad niemand hier, also darf ich das, oder?
Das gehört doch zu einem richtigen Date, oder?
Mochtest du's nicht?
Doch. Ich freu mich...

... dass ich auch nach so vielen Jahren noch erste Male mit dir erleben kann.
Wako...
Darf ich dich noch mal küssen?
Aber was, wenn jemand kommt...?

Keine Sorge. Im Moment...
... schaut uns niemand außer den Fischen zu.

Aah! Guck mal, Mama!
Die küssen sich!
Das hast du gut erkannt. Prima, Schatz!
SCHRECK
W...Wollen wir langsam gehen?!
Ja! Lass uns noch was essen, bevor wir nach Hause gehen!
Oh!
HUSCH
HUSCH
Wollen wir in das Restaurant gehen, das wir damals nicht gefunden haben?
Gute Idee! Das ist ganz in der Nähe! Also dann, Versuch Nummer zwei, ein paar Jahre später!
Ich glaub, es hieß...

Gibt's das? Es hat dichtgemacht...
Wir schließen!
Aber es gab doch noch neue Rezensionen online...
Sieht so aus, als hätte es erst vor zwei Wochen geschlossen.
Och nööö...
...
Dann lass uns wieder dahin gehen!
In Notfällen gibt's nur eine Option!
Du sagst es!
Tiger Sushi

* Fleisch an der Basis einer Fischflosse

Hach, ist das lecker!
Vergib mir, Oktopus!!
KNIPS
Hihi!
Für dich
In Toshima
Im Laufe der Jahre
Auswählen
Alle anzeigen
Gewohnheiten sind genauso schön wie erste Male, oder?

Bericht vom Set der TV-Serie
An einem Tag im März...
... durfte ich am Set von »Colorful Love«...
... der TV-Serie zu »My Genderless Boyfriend« zugucken.
Wow, ich hätte nie gedacht, dass ich mal an einem TV Set stehen würde!
Und? Wie fühlt es sich an?
Hier entlang, bitte!
Jemand von Shodensha*
Redakteurin
Tamekou
Chefredakteurin
* Die Schutzmasken zeichne ich nicht mit.
Wir trugen alle welche!
* Originalverlag
Schön, dass Sie uns heute beehren.
Die Dreharbeiten hier sind seit heute Vormittag beendet.
Produzentin
Lil' Bear Verlag
Wow! Danke, dass ihr eure Eingangshalle zur Verfügung gestellt habt, Lil' Bear Verlag!
Der Verlag sagt mir gar nichts.
Äh, das gehört alles zum Set.
Hä?
In einem freien Stockwerk hatte man eine ganze Redaktion nachgebaut.
Hä?!
Wahnsinn, was Fernsehsender alles auf die Beine stellen können!
BLUSH
Poster einer meiner (BL-)Serien
Für das Projekt kam wieder dasselbe Team zusammen, das schon »Ojisan wa kawaii mono ga o-suki« gedreht hatte.
Ich weiß jetzt schon, dass sie meine Vorlage richtig süß umsetzen werden!
Und vor allem...
... dieser Cast!

Schön, Sie kennenzulernen.
W...Wie schön er ist!!
Kiras Darsteller Ren Kiriyama
Er trägt über zehn Zentimeter hohe Highheels!
Wie elegant er damit läuft!
TOCK
TOTALVOCKER
TOCK
TOCK
Seit ich für diese Serie gecastet wurde, gehe ich auch immer zur Haarentfernung.
Wahnsinn, wie gut er sich auf die Rolle vorbereitet hat!
Und er hat sich sogar am Set die Zähne geputzt!
Das nenn ich Servicementalität!
Gnädiger Herr Kira!
Das Posieren hat er auch perfekt drauf!
S...Stars sind unglaublich! Was für eine Aura die haben...
Hah...
Hah...
HP
Frau Tamekou, hier ist noch jemand.

Hallo, sehr erfreut.
W...Wie süß sie aussieht!
Wakos Darstellerin Ai Yoshikawa
War Wako nicht eine normale Bürofrau?!
Sie hat richtig gestrahlt!
So seidige Haare und so makellose Haut!
Ich hab ein Nickerchen gemacht.
Sie war so nett, obwohl sie schon früh morgens am Set war und sicher vom Drehen erschöpft!
Dieses Lächeln!
In der Pause hat sie sich mit einem Kind unterhalten. Was für ein Engel!
Und sogar ein Foto hat sie mit mir gemacht (Kira davor auch schon)!
Und dabei den Fokus auf mich gelenkt!
N...Nanu? Das ist ganz schön kräftezehrend.
HAH HAH HAH HAH
Nicht, dass ich schlappmache...
HP
Und dann war da noch...

Hallo. Schön, Sie kennenzulernen.
Megurus Darsteller Rihito Itagaki
Me...Megu...
Darf ich ein paar Fragen stellen?
ZITTER
Natürlich. Ich hoffe, ich kann alles beantworten.
Er hat sich extra einen Stuhl geholt und sich zu mir gesetzt!
Meine Lieblingstasche, Make-up-Produkte, Parfüm, Klamottenmarken, die ich mag, et cetera...
Er hat mir beim Reden die ganze Zeit in die Augen gesehen!
Dior
Ich zeichne auch gern.
Und richtig gut dazu! Guckt euch seine Bilder unbedingt an!
Er sagt, er benutzt zum Zeichnen Clip Studio Paint EX.

Und noch das hier.
Kopfhörer
Crew-Mitglied
Monitor
Bitte sehr.
* Perfekter Service
Ich hab's zwar gewusst, aber dass es mich gleich komplett umhaut...
Ich hab's gewusst...
HP
Im Gegensatz dazu hat Herr Itagaki alles exakt wie im Drehbuch gespielt. Bei ihm hat jede Szene auf Anhieb gesessen!
Frau Yoshikawa hat sich nicht wortwörtlich ans Drehbuch gehalten, sondern je nach Bedarf die Nuance etwas angepasst. Sie ist eine echte Profischauspielerin!
Jede Einstellung wird mit mehreren Kameras aus verschiedenen Perspektiven gedreht.
Hinterher wird dann das, was gebraucht wird, zusammengeschnitten.
Immer und immer wieder die gleichen Szenen zu wiederholen...
... erfordert wirklich eine Menge Geduld von den Beteiligten.
Es kam auch oft vor...
... dass eine Szene am Ende ganz anders aussah, als ich sie mir beim Lesen des Drehbuchs vorgestellt hatte.
Das Gefühl, live zu erleben, wie die Menschen am Set gemeinsam etwas erschaffen, war ganz neu für mich und richtig schön.
Als der Stecker des Glätteisens nicht in der Steckdose steckte, hat Herr Kiriyama spontan improvisiert und die Panne gekonnt überspielt.

Hiroaki Yuasa, der Regisseur, wollte auch gern in diesem Bericht vorkommen, also habe ich ihn ebenfalls gezeichnet!

To be continued...

Stopp!

my genderless boyfriend ist ein japanischer Comic. Weil wir bei Hayabusa alles so originalgetreu wie möglich übernehmen, erscheint auch My Genderless Boyfriend auf Deutsch in der ursprünglichen Leserichtung. Man muss diesen Comic also »hinten« aufschlagen und Seite für Seite nach »vorn« weiterblättern. Auch die Bilder auf jeder Seite und die Sprechblasen innerhalb der Bilder werden von rechts oben nach links unten gelesen. Das ist gar nicht so schwer!

HAYABUSA
Carlsen Verlag GmbH · Hamburg 2022
Aus dem Japanischen von Anne Klink
Genderless danshi ni aisareteimasu. volume 4

Originally published in Japan in 2021 by SHODENSHA Publishing CO.,LTD.
German translation rights arranged through TOHAN CORPORATION, TOKYO.
Redaktion: Julia Liebetraut, Marisa Gregoric
Herstellung: Maria Niemann

ISBN: 978-3-551-62039-2

FOLLOW THE FALCON
www.hayabusa-manga.de
www.carlsen.de
hayabusa_manga
HayabusaTweets